친애하는 사물들

이현승 시집

문학동네시인선 023 이현승

친애하는 사물들

시인의 말

우리는 상처를 만드는 사람이면서
치유에 대해 이야기하고
상처를 받은 사람이면서
자신을 힐난하는 데 그토록 많은 시간을 바친다.

징후와 예후만으로 이루어진
위독의 자리마다
모든 과장과 생략과 시치미.

진짜 같은, 의 핵심은 같은인데
진짜 같은 공포와 피로가
살갗에 제 발자국을 마구 찍는데
진짜는 없고 발자국만 있다.

위독의 자리,
훌륭한 칼잡이가 된다는 것,
훌륭한 칼놀림이란
죽이면서 또한 구하는 것.

그것이 위로가 될 수 있을까?

2012년 여름
이현승

차례

2부

3부

4부

1부

젖지 않는 사람

죽은 사람의 가슴에 귀를 가져다대듯이
나는 화분에 물을 주면서 귀를 기울인다

의심은 물줄기를 따라 뿌리들의 어두운 층계에 머문다
화분에서 물 떨어지는 소리가 들린다
귓속은 물을 채우기에는 너무 작은 용기이다

죽어가는 나무에 대해 생각하는 동안
저녁은 제 물줄기를 부어 텅 빈 집을
수족관처럼 빈틈없이 채운다

이럴 때 가장 어두운 동굴은
눈 속에 있는가 귓속에 있는가

어떻게 돌고래들은 해안을 향해 헤엄치기 시작하고
어떻게 나무는 스스로 죽을 결심을 하는가
어떤 범람이 나무에게서 호흡을 빼앗은 것인가

돌멩이

화난 사람들은 돌멩이를 하나씩 들고 물가로 간다
돌멩이들은 부릅뜬 눈처럼 무섭다
눈을 향해 날아들 때가 제일 무섭다

머리 꼭대기 위에 오르는 아이들은
징검다리 위를 통통통 건너뛰며 즐겁다
눈썹까지 물에 잠긴 머리통들은 나몰라라 즐겁다

손바닥에 돌멩이를 말아쥐고
얇은 유리창 같은 수면을 노려본다
와장창 깨졌다가도 금세 원래대로 회복된다

수면 아래로 봉인되는 소리들 돌멩이들
사라졌다 모이고 모였다 사라지는 물고기들
밖에서 누군가 돌멩이를 들고 이쪽을 보고 있다

라디오

편의점 가판대에서 스위티오 바나나가 익어갑니다.
그 옆에서 수박도 함께 꼭지를 말리고 있습니다.

심지가 타들어가 터지는 폭탄처럼
저렇게 입술이 바짝바짝 탑니다.

달콤해지다가 달콤해지다가 마침내는 치워질 것입니다.
달콤해질수록 값이 싸지는 가판대의 법칙입니다.

엉덩이가 바닥처럼 평평해졌습니다.
사지도 않을 사람이 머리통만 두드리고 가는 오후입니다.

바깥으로 내놓은 스피커에선 라디오 소리가 들립니다.
어린 부모가 탯줄을 달고 있는 아이를 피시방 화장실에 유기했습니다.

터질 듯한 여름입니다.

따뜻한 비

삼촌은 도축업자
사실 피 묻은 칼보다 무서운 건
삼촌이 막 잡은 짐승의 살점을 입에 넣어줄 때

입속에 혀를 하나 더 넣어준 느낌
입속에선 토막 난 혀들이 뒤섞인다
혀가 가득한 입으론 아무 소리도 낼 수 없다

고기에서 죽은 짐승의 체온이 전해질 때
나는 더운 비를 맞고 있는 것 같다
바지 입고 오줌을 싼 것 같다

차 속에 빠진 각설탕처럼
나는 조심스럽게 녹아내린다
네 귀와 모서리를 잃는다

삼촌이 한 점을 더 넣어준다면
심해 화산의 용암처럼 흘러내려
나의 눈물은 금세 돌멩이가 될 것 같다

굿바이 줄리

죽은 비둘기 한 마리를 본 후로
바깥은 없다.
비 맞는 주검을 보면서부터
마음은 시종 비를 맞고 있다.

칠월엔 모든 것이 흘러넘친다.
토사는 주택가를 덮치고
우듬지까지 뻘로 칠을 한 강변의 나무들.
강이 토한 자리에서 진동하는 바닥의 냄새.

맞은 자릴 또 맞는 사람의 표정으로,
세간은 모두 집 밖으로 나와 비를 맞는다.
집에 앉아서도 비를 맞는 사람 대신
씻다 씻다 팽개쳐둔 흙탕을
조용히 지우는 것도 빗줄기.

혈흔처럼 씻겨내려가는 흙탕물을 본다.
훼손되는 범죄현장을 지켜보는 수사관의 심정으로
흔적을 지우는 흔적을 본다.

아픈 자리는 또 맞아도 아프다.
내리꽂히는 빗줄기.
쇠창살 같은 빗줄기.

이제 그만 이곳을 나가고 싶다.

일인용 잠수정

강에서 올라오는 비린내를 맡으면서부터
나는 계속 녹고 있는 것들을 생각한다.

쏟아지는 빗속에서 오래 어깨를 적시는 것들
발목을 적시는 것들과 함께 나는 녹고 있다.

녹는다는 생각은 냄새로부터 시작되었지만
냄새가 일러준 경로를 벗어나서도 의심은 추적중이다.

냄새가 흐르는 물줄기라면
의심은 물줄기를 거스르는 물고기처럼.

명심하자. 물속에선
천천히 걷는 것이 중요하다.
일정한 속도로.

물살을 거스르며 제자리 헤엄을 치는 송사리처럼
그 곁에서 포말을 일으키며 같이 헤엄치는
돌다리들처럼.

빗속에서 완전히 몸을 잠그고.

살인의 기술

결정적으로 무너지기 위해 여기까지 왔다고 나는 쓴다.
몸을 앞쪽으로 기울이고 바람 속을 지나가는 사람처럼
텅 빈 중심을 향하여 나는 걸어왔다.
어쩌면 모든 것은 기술의 문제.

죽은 사람의 초대를 받는 잔칫집에서는
소화제나 화투장 같은 것을 준비해두는 법이지만
식욕과 투기심이 생의 은유가 되기 위해서는
사육의 기술이 필요하다.

나는 악해지기 위해서도 소명받아야 한다는 것을,
연쇄살인범으로부터 배운다.
원한도 분노도 없는 살인에는 무엇이 빠져 있는가.
어째서 현장검증에는 살인의 기술만 있고 즐거움은 없는가.
두번째를 위해 힘을 아껴두는 것을 주도면밀하다고 하는가.

사고와 무친에 대해 생각하는 자가
살 수도 죽을 수도 없는 망연함으로 밥을 넘길 때
사육의 기술은 최대의 힘을 갖는다.
미래를 살아내느라고 내 청춘은 소진되었다고 나는 쓴다.

맛의 근원

나를 사로잡은 것은 하나의 질문이었다.
나와 당신을 구성하고 있는 동일한 물질과 다른 영혼,
가령 같은 재료가 어떻게 맛의 차이를 만드는가.

해발 삼천 미터의 고원에서부터 커피의 제련은 시작된다.
미식가들이 루왁커피의 깊은 맛을 상찬할 때
루왁고양이는 숨 쉬는 작은 용광로가 된다.

열매에 바쳐진 모든 화학적 근원을 체험한다.
아이스크림을 먹고 난 후 참외를 맛보는 방식으로
쇠똥구리가 되어 쇠똥의 맛을 느낄 때까지.
쇠똥구리의 허기와 식욕을 구분할 때까지.

깊은 맛을 얻고자 한다면 조금 더 기다려야 한다.
자갈 마당을 달구는 태양의 인내가 필요하다.
매운 연기로 눈을 비비는 구름의 눈물이 필요하다.
뜨거운 자갈 위로 떨어지는 소나기에선
비릿한 강의 맛, 바다의 맛, 물고기들의 맛이 난다.

우리를 여기까지 오게 한 것은 아무것도 아닌 향기였다.
하늘에서 중산모를 쓴 남자들이 떨어져내릴 때
나는 빗방울들의 다른 표정과
그 표정을 읽고 있는 우울한 사내를 본다.

얼굴의 탄생

아무리 거대한 풍선일지라도
바늘 끝만큼의 면적이면 충분하다.
얼음 아래로 지나간 물고기 그림자처럼
터지기 직전의 풍선에는 어떤 표정이 있다.

잔뜩 피가 몰린 얼굴로
아이가 풍선을 불 때
두 손으로 귀를 막고 눈을 감은 채
풍선의 표정으로
우리는 무엇을 기다리는가.

일촉즉발이란 이미 충분하다는 말.
바늘만큼도 더할 수 없다는 뜻.
단 한 호흡의 공기면 족하다.

번개가 치고 천둥을 기다리는 몇 초의 하늘.
제 소리에 놀라 잠시 울음을 멈춘 아이처럼
최초의 폭발과 다음 폭발 사이의 분화구.
지진과 해일의 사이의 해안가.

붉은 눈물들은 실금을 채우며 넘친다.
검은 구름들이 마침내 중력을 얻는다.

비의 무게

분리수거된 쓰레기들 위로
비가 내린다
끼리끼리 또 함께
비를 맞고 있다

같은 시간
옥수동엔 비가 오고
압구정동엔 바람만 불듯이
똑같이 비를 맞아도
폐지들만 무거워진다

같은 일을 당해도
어쩐지 더 착잡한 축이 있다는 듯이
처마 끝의 물줄기를
주시하고 있는 사람이 있다

내리는 빗속에서
더이상 젖지 않는 것들은
이미 젖은 것들이고
젖은 것들만이
비의 무게를 알 것이다

갈증의 구조

찬물 한 모금을 마신다
물줄기가 뚜렷하다
목과 식도가 잠깐 인화된다

뜨거운 시멘트 위로 물이 흐른 자국이 있다
흐르는 물줄기를 타고 가는 흙먼지처럼
젖지 않고 떠가다보면 우리는 만날 것이다

메마르고 거친 나무의 표면을 만지면서
당신의 손끝은 다시 어떤 예감에 사로잡히고
비가 올 것 같다

예감이란 깃털처럼 가볍지만
우리를 넘어뜨리는 것은 그 깃털이다
가령, 왜 비 오는 날은 늘 빨래하는 날인가
이불의 눅눅한 냄새는 언제나 고민이지
두 번씩 빨아 더욱 깨끗한 나의 이불들

늦은 오후에 여우비가 시작되면
술집을 찾아드는 사람들처럼
우리는 언제나 물의 한가운데서
목이 마르다

연루

어느 날 모자가 천천히 자라나
귀를 덮고 어깨로 흘러내리네.

어느 날 신발이 천천히 늘어나
무릎이 빠지고 허리가 잠기네.

삶이 위대한 것은, 항상 가라앉고 있다는 것.*
가만히 있지 않고 조금씩 움직인다는 것.

달의 인공호흡을 받고 죽은 것들이 깨어나네.
차고 어두운 거울의 뒤편에서 몸을 일으키는 안개처럼.

몸을 얻는 것은 언제나 삶의 문제인데
의심은 죽은 나무 가지에 싹을 매다네.

여름의 코는 겨울의 눈이 되어
겨울의 눈은 여름의 코가 되어

어쩌면 더이상 놀랄 것도 없는 세계에서
바로 자신의 인기척에 놀란 사람처럼

우리는 모자를 쓰고 구두를 신고
완벽한 혼자가 되어 있네.

* 장정일, 「구두」의 메모. (『주목을 받다』)

까다로운 주체

당신은 웃는다.
당신은 종종 웃는 편인데
웃음이 당신을 지나간다고 생각할 때
기름종이처럼 얇게 떠오르는 것.

표정에서 감정으로 난 길은
감정에서 표정으로 가는 길과 같겠지만
당신이 화를 내거나
깔깔깔 웃겨죽으려 할 때에도
나는 당신이 외롭다.

도대체가 잠은 와야 하고
입맛은 돌아야 한다.
당신은 혼자 있고 싶다고 느끼면서
혼자가 아니라는 사실을 깨닫는다.

이곳은 어디인가
외롭다고 말하는 눈,
너무 시끄럽다고 화를 내는 입술로
당신은 말한다.
그렇게 당신은 내가 보이지 않는다.

포기를 받아들이는 것만이

삶을 지속하는 유일한 조건이 된다.

나는 웃음이 당신을 현상한다고 느낀다.

눈물의 원료

우리는 언제나 두 번 놀란다
한 번은 갑작스런 부고 때문에
또 한 번은 너무나 완강한 영정 때문에

다 탄 향의 재처럼 가뭇가뭇한 눈을 씻고
우리는 산적과 편육과 장국으로 차려진 상을 받으며
사나운 곡소리와 눈물을 만드는 재료에 대해 생각한다

사람의 얼굴이란 웃는 표정과 우는 표정이 비슷하고
가리는 울음과 드러내는 웃음이 반반 섞이고 나면
알 수 없다 알 수 없이 망연하게 들여다볼 수밖에 없다

삶의 마지막 순간에 호흡은 들숨일까 날숨일까
마지막 날숨을 탄식이라고 볼 수 있을까
들숨을 결심할 때의 그것으로 볼 수 있을까

남의 밥그릇에 밥을 퍼줄 때만 우리는 잠시 초연해질 수 있다
밥통을 열어젖힐 때의 훈김처럼 갑자기 나타났다가 사라지는 것들을 본다

야행성

어제는 가로등 아래 나무의 잠까지 걸어갔다 왔다

시린 발을 따라 눈을 밟고
얕은 잠귀를 따라 바다를 가는 방식으로
발걸음을 옮겼다 끊임없이

우리는 그 무엇인가를 향해 있으며
잠을 깨운 소리를 향해 나와보는 사람처럼

듣는 귀와 들리는 귀는 다른 귀다
눈을 감고도 보이고
귀를 막아도 들리는 소리가 있다

몸 밖의 비를 몸 안에서 다 맞는 사이
겨울잠에서 일찍 깨어난 새끼곰들이 죽은 채 발견된다
새벽의 공복감이 밀려올 때

마른 콘크리트 위로 스민 물의 뿌리까지 다녀왔다
감은 눈 위로 느껴지는 붉은빛의 핏줄들

도축의 시간

웃음, 어색한

당신이 내게 했던 말은 이런 것,
"나는 너의 가죽을 원해. 넌 제법 질긴 가죽을 갖고 있군.
너의 웃음이 그걸 증명하고 있지. 게다가 아주 부드러워!"
그때 나는 한없는 감사함과 부끄러움을 느끼며
약간 어색하게, 그러나 계속 웃고 있을 수밖에 없었다.

수박의 표정

목소리에도 표정이 있고, 가령
우리는 수박을 두드리면서 당도를 짐작하는데,
검은 얼굴이 붉어지면 더 검어 보이듯
수박의 표정은 알아차리기 어렵다.
똑똑 두드릴 때 골똘해지는
사람과 수박의 표정.
속으로 붉게 더 붉게 타개지는 웃음들,
겉으로는 붉어서 더 검어지는 얼굴들.

애독자들

아무리 두꺼운 방패일지라도
부끄러움은 손쉽게 뚫어버린다.
나는 지독하게 인기 없는 디제이.
단 다섯 명만이 듣고 있는데도
오만 명이 듣고 있는 것처럼 달아오르는 것.

기껏해야 다섯 짝의 귀가 듣고 있는데
오만 개의 시선이 꽂힌 듯 얼굴이 화끈거린다.
발가벗겨진 것처럼 부끄럽다는 것은
더 은밀하게 사랑받고 싶다는 것일까.

도축의 시간

우리는 천천히 죽어가고 있다.
손끝에서 서서히 빠져나가는 피를 느낀다.
그러므로 내일을 위해서 기도하지 말 것.
고통 없이 죽이는 것이 도축의 자비이며
무표정이야말로 오늘의 예의이다.
간단하지 않은가. 내일 없이 사는 것,
그것이 우리의 삶이고 저항이며
사육에서 정육으로 향하는 붉은 길을
우리는 도축이라고 부른다.
우리는 천천히 죽어가고 있다.
다시 태어나기 위해선 죽어야만 한다.

2부

지나친 사람

1. **사건** 1
어떤 사람과 눈이 마주쳤다.
단풍나무 잎들 사이의 단풍나무 잎처럼 숨어 있었는데
어떻게 그럴 수 있지?

2. **벌거숭이 인간**
나는 투명인간이다. 옷을 입지 않는다.
모든 게 남들과 똑같은데 얼굴만 없다면
그건 좀 너무하지 않은가.
문제는 아무도 보지 않는데
부끄럽다는 것.

3. **하얀 얼굴**
또 나는 여름과 겨울을 싫어한다.
땀으로 된 얼굴이 되거나
입김만 나오는 주전자가 되기 때문이다.
외출할 땐 가부키 배우처럼 하얗게 바르고 나가지만
구름의 얼굴은 기억되지 않는다.

4. **사건** 2
얻을 것을 얻고 잃을 만큼 잃고 나면
사람들은 거울을 잘 보지 않는 것 같다.
눈을 본다는 것은 생각보다 위험한 일이다.

구멍을 통해서 구멍을 본다.
구멍에서는 질문들이 끝도 없이 쏟아진다.
지문을 지우는 지문처럼
질문을 지우는 질문처럼.

5. 항온동물

옷을 입어야겠다.
아무도 없으니까.

뉴스의 완성

뉴스 속 주인공들은 손에 칼을 가지고 있으며
스타킹과 마스크와 야구모자도 갖고 있다.
가끔 그들은 정말 요리사나 운동선수이기도 하다.
스파이더맨처럼 가스관을 타고 건물을 오르고
고양이처럼 소리 없이 착지한다.

나이키 점퍼로 얼굴을 둘러쓴 채
변조된 목소리로 책을 읽듯이 말한다.
그들은 가리고 변조할 권리가 있지만
우리는 모자이크로 분할된 얼굴을 맞추고
변조된 목소리를 원래 상태로 복원한다.

음식을 만들던 칼로 사람을 찌르거나
초강력 스파이크를 얼굴에 작렬한다면
그건 좀 비범한 일인데 놀랍지는 않다.
놀라움이란 뉴스 바깥의 몫이다.

비범한 재능이 탄생하는 순간 뉴스는 완성된다.
평범함이야말로 비참한 최후라는 것을 절감한 듯
뉴스 바깥에선 여중생들이 줄인 치마를 입고
좆나 씨발을 발음하고 침을 좀 덜어낸다.

영하의 인사

아침의 젓가락질은 밤보다 섬세해진다.
밥알을 한 톨씩 집어내다가 결국 뒤통수가 서늘해진다.
밤이 긴 탓, 공기가 차가워진 탓이다.
우리의 안부는 날씨로부터 시작되고

공중 화장실 변기 위에서 누군가의 온기를 느낄 때
엉덩이를 의식하면서 우리는 진심으로 혼자 있고 싶다.
문화시민의 격조로 격언과 낙서들을 바라보면서
불편한 친절은 친절한 불편이라 중얼거린다.

물컵이 손에서 미끄러져 바닥으로 떨어지는 동안
우리는 빙점을 통과하는 수증기처럼 얼어붙는다.
마침내 완벽하게 혼자가 된다.

첨단공포증의 눈으로 난초잎을 바라보듯
보는 것만으로 찔리는 순간
날카로운 뼈를 얻은 물방울들이
마르고 가는 가지 끝에 표창처럼 꽂힌다.

그믐

그가 과묵한 이유는 한 번도
그에게 대답할 시간을 주지 않았기 때문이지만
정말 그가 과묵한 이유는
아무도 그에게 묻지 않았기 때문이지만

그는 늘 행성처럼 왔다가 사라진다
사라졌다가 다시 나타날 때
그는 얼굴이 반쪽이고
결정적으로 말이 없다
그는 사라지기 전에만 나타난다

누구든 그에게 말한다
언제부터 여기 있었죠?
조금만 가까이 다가오세요
너무 다가올 필요는 없구요

그는 막 나타나는 중이고
사라지는 것에 대한 예민한 후각으로
양말을 벗으면서 코를 갖다대거나
대답을 필요로 하지 않는 질문에 대해
충실한 답변을 준비하고 있는 사람이다

그는 언제 어디에나 있지만

그는 거의 없다고 해도 괜찮다

놀이공원

놀랄 만한 일들로 가득 찬 세상입니다
우리는 거꾸로 매달리고
소리를 지르느라 얼굴을 붉히고
단맛을 보기 위해서 줄을 섭니다

거꾸로 매달고 소리 질러도 얘기할 것이 없다면
당신이야 결백한 사람일지도 모르지만
총으로 머리를 쏴도 죽지 않는 이곳의 시민들은
오늘이 자신들의 날이라는 것을 잊는 법이 없습니다

공중에서 비명이 원심분리되는 동안
땅으로는 동전들이 빗방울처럼 떨어집니다
놀란 손에서 풍선들은 하늘로 날아오르고
하늘에도 선인장은 있어서 멀리서 웃음풍선의 소리가 들
립니다

이곳은 풍선과 선인장들과 원심분리기의 세계
충돌하고 뒤집히고 총을 쏘면서 딸꾹질이 멎는 곳
뾰족한 가시 끝에서 꽃들이 폭발합니다
울다가 웃으면서 머리카락이 하늘로 자라는 곳입니다

천국의 아이들

우리는 정말이지 거지 같습니다.
배고프고 더럽습니다.
더럽게 배고파서 부끄럽습니다.
우리에겐 세계적인 부끄러움이 있어요.
껌도 세계적으로 씹습니다.
침도 세계에서 제일로 잘 뱉습니다.

어쩌면 십대들이 해냈다는 생각도 듭니다.
요즘은 이런 말들이 들려옵니다.
니들이 십대냐? 모여서 담배 피우게?
십대라는 말, 잘 들으면 욕설 같아요.
우리는 정말이지 휴지조각 같습니다.

있을 뻔한 이야기

유령들

낮에 켜진 전등처럼 우리는 있으나마나.
거의 없는 거나 마찬가지다.
파리채 앞에 앉은 파리의 심정으로
우리는 점점 더 희박해진다.

부채감이 우리의 존재감이다.
따귀를 때리러 오는 손바닥 쪽으로
이상하게도 볼이 이끌린다.

파리를 발견한 파리채처럼 집요하게
돈을 빌려주겠다는 메시지가 온다.

미션-임파서블

40대 되기 전에 해야 할 것들이 있다
그게 뭘까? 서점에 가봐야겠다.

삶은 여전히 지불유예인데,
우리는 살면서 한 가지 역할놀이만 한다.
채무자채무자채무자채무자채무자
우리는 아직 올라가보지도 못했는데
벌써 내려가라고 하네요.

40대가 되기 전에 해야 할 일은
30대가 되기 전에 했어야 할 일들이다.

귀신들

하긴 딴 사람은 없는데
잃은 사람만 있는 판돈 같은 이야기,
혹은 빌린 사람은 없는데
빌려준 사람만 있는 신체포기각서 같은 이야기.
"내 다리 내놔" 하면서 따라오던 귀신은
어쩌다 다리를 간수하지 못했을까?

하긴 때린 사람은 없는데
언제나 아픈 사람만 있는 폭력적인 이야기,
끈덕지게 따라붙는 귀신이 세상에서 제일 무섭다.
눈코입도 없이 자꾸만 따라다니는 달걀귀신 같은 이야기.

시 「농담」을 위한 삽화

1. 진지함의 미덕

누군가가 묻는다.

—그런데 당신은 왜 늘 그렇게 진지한 겁니까?

다른 누군가가 대답한다.

—그게, 다른 걸 준비하지 못했거든요.

2. 비관적인 속도

비관주의자들은 갈파한다.

죽음이야말로 기다리지 않아도 된다는 것을.

그러므로 나는 전망을 좋아하지 않고

당대를 과도기로 보는 발전주의를 혐오한다.

어느 날 갑자기 스트라이크를 던질 수 없게 된 스티브 블라스*처럼

우리는 다만 최선을 다해 무너져가고 있을 뿐이다.

3. 음모론

피격받고 후송된 레이건이 응급실 담당의에게 건넸던 농담은

"당신은 공화당원입니까"였다.

대통령의 건재함에는 비용과 당파성이 필수적이다.

그러므로 레이건의 다음 농담은

"얼마면 되겠소"가 아니었을까.

4. 라임라이트

목젖이 떨어져나가도록 웃다가 사래 걸릴 때
웃음은 이성을 마비시키는 것 이상임을 알 수 있다.
웃음은 현재를 살아가는 데 소용되는 비용이다.
입맛 없이 우겨넣는 식사처럼 그것은 몸에 좋다.

* 스티브 블라스 : 미국 메이저리그 야구선수. 혜성처럼 나타나 주목받았으나, 갑작스런 제구력 난조로 젊은 나이에 은퇴하였다.

누아르

끈끈함이란 파리들의 우정이네
같이 밑바닥을 기어본 자들의 것이지
날개가 피부든 손톱이든 간에
그 날갯짓이 경박하든 말든
그것은 떠오르는 데 도움이 되네

밑바닥 생활을 벗어나면 곧장 천상인 듯
날갯소리 힘차지만
한낱 파리 날개일지라도
누가 먼저 비상할 때 위험해지는 것이 바닥의 생리라네

바닥을 벗어나면 다른 바닥이 기다릴 뿐
껌딱지처럼 질기게 들러붙은 것이 밑바닥이지
호구에는 천상 고단함이 따르고
피곤은 업종을 가리지 않네

떼인 돈을 받으러 다니거나
밤길 조심해라 딸 예쁘더라
언뜻 들으면 어머니 말씀 같지만
한번 들으면 문신처럼 새겨지는 말들도 곧잘 한다네

상스러움과 불량기가 필수인 이 장르에서
중요한 것은 리듬인데 어딘지 뽕짝스러운 리듬은

건달들의 걸음걸이에 녹아 있고
흥터투성이의 순정 위에 녹아 있네
건달은 양아치와 다르다는 굳건한 믿음 위에 있네

대화의 기술

누군가에게 인질로 붙잡힌다면
우리는 그에게 부단히 말을 붙일 것이다
피륙을 짜듯 세헤라자데는
밤과 낮을 얼룩덜룩 이어붙일 것이다

어둠 속에서 빛을 감촉하는 곤충의 더듬이처럼
필사적으로 또 은밀하게 그의 역사를 완성하며
꺼질 듯한 촛불의 심지를 돋우듯
조심조심 생을 늘려 붙이리라

칼자루를 쥐고 있는 것은 우리가 아니므로
불같은 성미를 건드리지 않는 지혜로
사려 깊은 아내처럼,
불완전한 결혼으로부터 탈출하기 위해
총애를 구해야 하는 열세번째 아내가 되어

기꺼이 그의 존재를 잊게 되리라 어쩌면
목숨밖에 더 줄 것이 없다는 사실을 안타까워하며
제 무릎을 베고 잠든 야수의 등을 쓸어내릴 때
야수의 등에서 돋아난 부드럽고 따뜻한 털을 만질 때
핏빛 아름다운, 천 하루의 퀼트가 완성된다

에일리언

한 사람이 만드는 기침의 양이란 얼마나 많은가
기침은 얼마나 멀리까지 날아가는가
어디든 화살처럼 날아가 박힌다

다정한 우리들이여
손은 씻고 입을 가린 채로
가급적이면 마스크를 끼고서
은행이라도 털듯이 결연한 우리들이여

침은 입 밖으로 나가면서 더러워지는가
더럽다고 느끼면서 입 밖으로 나가는가
땅바닥에 엉겨 있는 침을 보면 입속이 떫어진다
가래를 삼키는 기분이 된다

침과 땀을 만드는 능력으로부터 우리는 생산된다
외계생물체처럼 끈끈한 액체를 바닥과 손잡이에 묻히고
병이 옮을 수도 있다는 생각으로부터
우리의 악수는 조금 무거워진다

똥개

굴욕을 경험하면서
굴욕과 식욕을 구분하면서
똥개는 비로소 개가 된다

종속과목강문계에는 똥도 똥개도 없는데
똥을 먹는 개의 새끼로서
똥을 싸는 사람의 친구로서

나의 맨 처음 친구였던 뽀삐는
내가 앞마당에서 엉덩이를 내릴 때면
벌써 저만치에서 꼬리를 흔들며 달려왔는데
흠집 없는 충성심과 우정의 발로였는데

쌈밥집에서 화장실을 다녀온 사람의 손을 유심히 보거나
만두방 아저씨가 거스름돈을 건네고 다시 만두를 빚을 때
이건 일종의 강박이 되겠지만

언젠가 당신 앞의 참혹 앞에서
문득 당신이 침을 삼킬 때
굴욕이 아직 견딜 만할 때

몰두의 방식

몰두한 사람은 복서
한 방 날리기 위해 네가 가드를 풀 때
네 코앞의 주먹

복서는 링 위의 댄서
두 명이서 호흡을 맞추는 탱고, 룸바, 지르박, 볼룸댄스
스텝을 배우는 사람들은 현실적으로 고민한다
팔은 어디에 둘까요? 내버려둬 매달려 있겠지 뭐

스텝을 읽는 사람과 스텝을 읽히지 않으려는 사람
눈앞의 사람은 어떤 방식으로 사라지는가
스텝 또는 누가 게임을 지배하는가의 문제

몰두한 사람 마이크 타이슨이
읽히지 않으려는 사람 홀리필드의 귀를 물어뜯을 때
부지런히 읽는 사람 레프리에게 주먹을 잘못 배달했을 때
착불요금이 코에서 빨갛게 쏟아질 때
마이크 타이슨의 호러영화는 시작된다
우리는 몰두한 사람의 위험을 잊은 채 몰두되고

눈꺼풀을 연 순간 눈앞에 주먹
스텝에 집중하는 순간에만 우리는 팔을 잊을 수 있다

클레멘트 코스*

태풍의 일생은 얼마나 짧은가
태풍의 이름을 가진 생물들은 얼마나 길게 우는가
이 모든 것은 결국 낮잠의 깊이
당신이 소유한 방음창과 관련되겠지만

태풍도 이름을 가지고 살아간다는 것은
이름 없는 삶을 사는 사람들에게
무언가 중요한 방향을 지시한다는 듯이
오늘도 연쇄살인범, 인질 억류에 열중하는 테러리스트들, 전국 규모의 거짓말쟁이
재밌냐? 조금만 집중할 수 없을까?
재밌냐? 살인범들은 뭐라고 대답할까?

행동하는 기계의 기름기를 제거하는 데는
언제든지 생각만한 게 없지
앵벌이, 절도범, 살인범들은 일제히 동작을 멈추고
재미도 없고 장난도 아니라면 이건 뭔가,

얕은 낮잠의 경계를 들이치는 소리들은 매미이고
키 큰 아이들의 비명 소리이고
아이들은 뼈를 늘리느라 비명을 질러대고

* 클레멘트 코스 : 1995년 얼 쇼리스가 만든 빈민 교육 프로그램.

3부

다정도 병인 양

왼손등에 난 상처가
오른손의 존재를 일깨운다

한 손으로 다른 손목을 쥐고
병원으로 실려오는 자살기도자처럼
우리는 두 개의 손을 가지고 있지

주인공을 곤경에 빠뜨려놓고
아직 끝이 아니라고 위로하는 소설가처럼*
삶은 늘 위로인지 경고인지 모를 손을 내민다

시작해보나마나 뻔한 실패를 향해 걸어가는
서른두 살의 주인공에게도
울분인지 서러움인지 모를 표정으로
밤낮없이 꽃등을 내단 봄 나무에게도
위로는 필요하다

눈물과 콧물과 침을 섞으면서 오열할 구석이,
엎드린 등을 쓸어줄 어둠이 필요하다
왼손에게 오른손이 필요한 것처럼
오른손에게 왼손이 필요한 것처럼

* 레이먼드 카버, "괜찮아 너는 아직 서른둘일 뿐이야. 그리고 그건 서른셋보다는 적지."

용의주도
—오은에게

도주 경로를 가리키는 혈흔처럼 꽃이 피었다
개활지에서 더 깊고 높은 방향으로 야생은 사라진다

개화와 낙화의 사이에서 난분분
징후와 흔적 사이에서 나는
열매가 아니라 핏자국을 본다

찬란함에 가닿을 수 없는 자에게 눈부심은 참혹하다
쌓는 것만큼의 힘이 무너뜨리는 데에도 필요하고
봄 햇살 아래 꽃 핀 자리는 겨울이 지나간 자리다

형형색색이라는 말의 난폭함이
원색의 꽃들에는 복수심처럼 선명하게 새겨져 있다
나는 살려는 자의 적의를 이해하면서부터
악에 대한 의심을 버렸다

내가 보고 있는 것은 벌떼들,
피냄새를 맡고 몰려드는 피라니아들
미망도 망각도 몸이 시키는 명령 앞에선 속수무책이다
난분분 난분분 꽃들이야 난생처음 눈부시느라 바쁘지만

꽃이 피었다는 사실을
꽃이 지는 것을 보면서야 깨닫게 된다

나는 탐색견의 코에 있는 그 눈으로
멀리 달아나고 있는 것을 바라본다

나무들이 무심하게 저녁을 건너고 있다

나머지의 세계

1. 구멍

꽃이 향기의 구멍이라면
태양이 빛의 구멍이라면
꽃과 태양을 뺀 나머지로서
우리는 만져질 수 없고
담기지 않으며
우리는 느낄 수 있지만
서로를 관통한다

2. 손잡이

문을 여는 일은 두 개의 동작으로 이루어진다
손아귀에 힘을 준 채 손목을 비트는 일 그리고 잡아당기는 일
두 개의 동작을 신속하고 매끄럽게 연결시킨다면
아마도 이것은 호신술로도 유용할 것이다
신음을 짜내며 팔이 꺾인다
손잡이는 문의 안쪽과 바깥쪽에 붙어 있어서
두 개의 동작으로 유려하게 문이 닫힌다
이것은 물론 열매를 따는 일에도 쓸모가 있겠지만
열매를 매다는 일은 당신의 소관이 아니다

3. 이후

부음을 들을 때마다

나는 공기가 조금씩 더 무거워진다고 느낀다
물방울들이 주전자의 주둥이에서 솟구쳐 빠르게 사라지듯이
피와 살과 뼈를 뺀 나머지가 공기 속으로 녹아든다
나는 적대감과 친밀함을 공기를 통해 경험한다
아궁이 앞에 앉은 사람처럼 빛과 열이 하나라고 느낀다
어느 순간 당신은 나의 내부로 들어왔으며
충혈된 나의 안구 바깥으로 빠져나갔다
당신은 나를 지나 어디로 가고 있는가

부자유친

불의 나라

화분의 흙이 말라갈 때마다
나는 우리가 함께 있다고 느낀다.
수분이 빠져나가면서 엉긴 흙덩이,
마침내 잘게 부서질 흙 한 덩이처럼.

시선이 머무르는 곳,
보는 것이 만지는 것이 되는 흙덩이 저편
마른 뿌리의 끝을 생각하는 것만으로
목마름을 느끼는 곳으로

내가 한 방울의 오줌도 없이 사막을 지나왔듯
모든 수분을 말리면서 우리는 먼지가 될 것이다.

물의 나라

서로를 모른 채 모여 있는 문상객처럼
마침내 우리는 완벽하게 고독해질 것이다.
빗장이 풀려버린 집의 주인들처럼
빈집이 되어 발자국을 보게 될 것이다.

발자국을 남기지 않는 물고기처럼,
나는 물 위에 발자국을 찍으며 길을 걷는다.
빗속에서 나는 더이상 젖지 않는다.

다만 녹아내리고 있을 뿐이다.

가로수들이 커다란 잎사귀를 늘어뜨릴 때면
나는 우리가 함께 가라앉는 중이라고 느낀다.

우리는 아주 천천히 섞이는 중이다.

에이프릴

우는 아이를 안고 걸어오는 길이었습니다.
비둘기 두 마리 고추장비빔밥맛 삼각김밥을 쪼아먹고 있었습니다.
너덜너덜 더이상 삼각형이 아닌 삼각김밥처럼
피다 만 것인지 지다 만 것인지 목련나무가
눈비 지나간 사월의 하늘 끝을 어루만지고 있었습니다.

울다 잠이 든 아이는 자다 깨어 다시 울고
우리는 이 모든 것이 어쩔 수 없다는 것을 압니다.
나뭇가지에 얹혔던 꽃도 눈도 갑작스런 찬바람도
뜨겁게 달아오르는 이마와 볼과 목과 겨드랑이도.

꽃은 나뭇가지에서 피어나지만
나무도 가본 적 없는 세상으로 먼저 갑니다.
공중에 잠깐 머물다 곤두박질치는 꽃잎들을
나무는 돌멩이가 가라앉는 물속 보듯 바라봅니다.

펄펄 끓는 아이를 품에 안고 돌아오며 보았습니다.
아프지 말아라 목련나무야 벚나무야 비둘기야
해열진통제 같은 사월의 눈이
펄펄 끓는 벚나무 이마를 가만히 짚습니다.

성분들

식칼은 마지막 먹이의 피맛을 기억하고 있다
어쩌다가 양파를 썬 칼로 배를 깎을 때
우리는 왜 여러 개의 칼이 필요한가를 깨닫는다

피는 물보다 진하고 그것은 아마
양파의 비교 우위를 설명해주겠지만

칼날이 지나간 자리에 모여들었다가 넘치는 피
베인 손가락을 빨며 제 피의 맛을 보게 될 때
우리는 비슷한 맛을 가진 피의 형제들이다

내 피는 어머니에게 수혈할 수 없지만
우리는 비슷한 침을 갖고 있어서
같은 음식을 앞에 두고 함께 입맛을 다신다

양파의 껍질을 벗기면서
우리는 같은 성분의 눈물을 흘린다

불효자는 웁니다

억수같이 쏟아지는 물줄기 앞에서
불효자는 운다 청개구리처럼 운다
효는 불효에서 완성되는 것이니까
눈물을 흘리면서 불효자는 비로소 효자가 된다

청개구리는 청개구리 새끼인데
기대하는 만큼 실망하고 미워하는 만큼 닮아버리는 것은
모든 새끼들의 정해진 운명이라서

마침내 어미와 아비가 죽고
새끼는 어른이 되어도 살갗 푸른 개구리이지만
두려워해야 할 것은 파산이 아니라 파산의 절차이듯
슬픔보다 통증이, 절망보다 피로가 먼저 찾아오는 것이다

억수 같은 비가 쏟아질 때
사랑해야 하는 자에게 사랑하는 일은 얼마나 힘든가
사랑받는 자에게 사랑받는 일은 또 얼마나 어려운가
욕설처럼 화끈거리고 치욕처럼 달아오르는
밥의 힘으로 푸른색을 유지하면서
청개구리는 운다

침대의 영혼 2

나는 당신의 꿈을 엿보는 자
당신의 잠꼬대를 기록하는 자
당신은 허공 가득 두 손을 움켜쥐고 비명을 지르며 깨어난다
당신의 잠은 봉인이 아니라 누수의 방식으로 완성된다

구멍을 막기에 당신은 너무 작은 손을 가진 사람
바늘을 집어올려야 하지만 당신은 너무 큰 손을 가진 사람이다
그러므로 너무 커서 목구멍을 빠져나오지 못하는 덩어리진 소리들
당신의 꿈을 받아 적는 일은 언제나 불완전하기만 하다

설탕유리 같은 꿈이 당신을 피 흘리게 하지는 않지만
당신은 계속 솟구치는 피를 막거나 훔쳐댄다

나는 가벼운 읽을거리나 마실 물을 준비한다
당신은 단것을 조금 먹은 사람처럼 가벼워질 수 있다
눈을 감고 숨을 죽인 채 당신은 어디로든 떠날 수 있지만
당신은 결국 당신에게로 돌아온다

드라마 전용관

바깥에서 어머니의 울음소리를 듣는다.
극장의 벽은 탄식 읊조림 나직한 대화들을 걸러낸다.
고아서 체로 받친 어죽처럼 웅성거림만 새어나온다.

어두울수록 잘 보이는
이곳에선 눈을 감아야 한다.
너무 흐릿해서 의심할 수 없고
너무 분명해서 기억나지 않는 이야기들.

이를 뽑고 잇몸이 파헤쳐진 자리를
혀끝은 맹렬하게 파고든다.
슬퍼서 흘린 눈물에서도 짠맛을 느낀다.
호기심은 아픔과 뒤섞이면서 더욱 집요해진다.

바늘을 집어야 하는데 손이 점점 커지고
비명을 지르지만 소리가 나지 않으며
천둥처럼 엉엉 울며 애원해도 놔주지 않는다.
발목이나 손목의 시큰거림을 증거로 돌려받는다.

그녀는 이 극장의 주인이고 감독이며 주연배우다.
미망 속으로 홀연히 걸어들어온 한 사내를 만나지만
만지려고 하는 순간 컴컴한 스크린이 되어버리는 이야기
나는 문밖, 극장 안으로 들어갈 수 없다.

활주로

막 비행기가 이륙한 듯
새벽의 도로는 활주로 같다.

마른 늪에서 허우적거리다가
목이 말라 잠을 깬 사람처럼
메마른 눈으로 창밖을 본다.

아무것도 남지 않았기 때문에
방금까지 무엇인가가 거기 있었다는 생각으로
텅 빈 길들을 본다.

너무 일찍 깨어난 곰의 동면처럼
떠날 수도 머물 수도 없는 것이
떠난 것이기도 하고 머문 것이기도 할 때

입사각을 계산중인 수영선수의 자세로
난간에 매달려 하늘을 본다.
대충 끈 모닥불 모양 불씨만 간신히 남은 별빛들.

신경다발처럼 곤두선 나무들 사이로
차량들은 금방이라도 날아오를 듯
속력을 높이는 중이다.

근본주의자

하녀의 옷차림을 문제삼은 건 키르케고르였다
우스꽝스러운 옷차림이 미학적으로 죄악일 수는 있지만
접시 위에 앉은 것 같은 하녀들의 표정을 생각하면 괴롭다

사자의 친절한 사냥술이 양에게 위로가 될까
사자를 위해 어떤 포즈로 쓰러지는 것이 좋겠는가

남의 고통을 즐기지 않는 것이 윤리적이라고 배웠다
우리는 자신의 감정에 충실할 수는 있지만
남의 표정에 대해 관여할 필요는 없다

집에 대해서도 비슷하게 생각할 수 있다
길흉화복에 밝은 점쟁이들의 집이 다 쓰러져가는 집이다
남의 고통을 엿보기 위해서는 무엇이 필요한가

옷차림 때문에 아름다움이 가려지지는 않는다
하녀들의 유쾌함이라면 내버려두자
고래를 춤추게 했던 힘에 대해서라면
칭찬보다 먼저 감정의 부력에 대해 생각할 것

신중하게

우리는 신중해지기로 한다

신중하게 숨을 쉬고
신중하게 눈을 뜨고 감으며
신중하게 신중하게

돌이 씹힐 것을 생각해서
신중하게 밥을 먹는 것은 어떤가
일요일 저녁을 텔레비전과 함께
최대한 신중하게 흘려보내는 것은

또 어떤가
놀랄 만큼 신중하게 찾아오는
월요일을 목격하는 것은

식사 후에는 물을 반 컵
아래위로 칫솔질을 하고
입을 헹군 후 거울을 향해
이를 드러내고 웃어보는 것은

태양은 느티나무의 그늘 위로
옆 느티나무의 그늘을 포개고
신중하게 또 신중하게

암전

전기가 나가자 모든 것이 분명해졌다
우리는 젓가락을 들어올린 채
붕괴의 조짐을 감지한 갱부처럼 숨을 멈추고
동공이 활짝 열린 눈을 껌벅이면서
조심스럽게 저녁의 식탁을 빠져나온다

탄부의 발자국을 고스란히 싣고 화물열차가 지나간다
우리는 밤으로부터, 정전으로부터
악취 나는 강물조차도 아름답게 반짝일 수 있다는 것을 배운다
물에 찍혀 반짝이는 바람의 발자국들

미켈란젤로는 돌 속에서
피에 젖은 예수를 안고 있는 성모를 보았다
그리고 갑자기 빛이 다시 엄습할 때
캄캄한 돌 속을 다녀온 사람처럼 우리는 눈을 감는다

전화받는 사람의 얼굴에는
전화기 저편의 목소리와 표정이 새겨진다
우리는 동작을 멈추고
듣기 위해서 눈을 감고
보기 위해서 입을 다문 채

초심자들

우리는 종종 잠자는 법을 잊는다
나침반 바늘처럼 떠 대롱거리다가
아침이 오면 간신히 내려앉는다

텔레비전 뉴스를 보다가 밥을 씹는 일을 멈추고
자전거를 탈 땐 중심을 잡느라 구르던 발이 사라진다

응급실 의사들이 숨 쉴 수 있겠어요? 하고 물을 때
보호자들이 같이 심호흡을 하는 것처럼
모두들 무얼 해야 하는지 아는 것 같고
빗방울들조차 떨어질 곳을 알고 있는 듯하다

매번 하는 일이 이따금씩 처음 하는 일 같다
눈과 귀를 손과 발을 동시에 사용하는 사람들이
거리를 활보한다

4부

궁금해

오아시스 콤플렉스 때문인지도 몰라
우리는 모든 것이 우연이었다고 생각한다
갈증은 사막의 신기루 속에 야자수 그늘을 만들고

어떤 필연도 없다면 우리는 결정적으로 비껴난 사람들이다
당신이 나의 두려움의 근원을 추측하고 있을 때
나는 당신의 시선에서 당신의 바깥을 느낀다

매미, 태풍위원회의 14호 태풍에 대한 네이밍
우화에서부터 소멸까지가 아니라
네이밍에서부터 네이밍까지

알고 있어? 구름에도 씨앗이 있다는 사실을
두려움의 크기와 궁금증의 크기 중 어느 것이 더 클지

시무룩한 나무들의 표정으로부터
말라죽기로 작정한 애인들의 결연함으로부터
노인의 재채기만한 크기를 보태면서 만들어지는
거대한 바람의 탄생에서부터 소멸까지 궁금해

근원적 골짜기

사과나무가 사과를 떨어뜨렸다. 이곳에선
아무것도 하지 않기 위해 무엇인가를 해야 한다.

잠자리에서 벽지 들뜨는 소리를 듣고 우리는 숨을 죽이고
사과나무를 이해하기 위하여 바람이 불어오는 골짜기를
쳐다봐야 한다.
어쩌면 구름을 바라보는 당신의 습관도 조금은 바뀌어야
할지 모른다.

중력이 없다면
바보들의 행동을 더욱 쉽게 이해하게 될 거야.
최소한 야구경기 같은 것은 볼 수 없게 되겠지.

사과나무는 자신이 떨어뜨린 사과에 대해서 생각중이다.
자신의 아파트 난간으로 아이들을 떨어뜨렸던 여자가 있
었다.
골짜기에서 웅웅거리는 소리들이 바람에 날려왔다.

무중력 실험실

해가 짧아졌다
성분만 헌혈되고 몸속으로 들어오는 차가운 피처럼
저녁이 천천히 밀려온다 방이 깜깜해졌다

날씨가 차가워지면 투명한 허공으로
별빛은 더 멀리까지 보이고
먼 소리까지 지척인 듯 들린다

영하의 거리에선 얼어죽는 사람들이 발생하고
밤에 자라는 아이들은 더 오래 자라고
성장통을 앓는 아이들의 밤이 길어진다

눈물이 마른다면 그건 다만 옮겨가는 일일 뿐인데
나무의 열매로부터 나무가 자라고
인간의 몸에서 다른 인간이 태어나고
피부에서 빠져나간 수분 때문에 몸무게가 줄까?

사람들이 많아지고 건물들이 늘고 삼림이 울창해지는 것이
어째서 더 무거워지는 일일까?
하늘을 나는 새들 때문에 공기가 더 무거워진다고 말할
수 있을까?

완벽하게 균형을 잡고 있던 공터의 시소가 스르르 기울

어질 때

결정적이고도 무심한 공기 한 줌이 시소의 한쪽으로 얹혀질 때

5분 후의 바람

5분 후의 낙엽을 위해서 나무를 흔드는 사람이 있다
순간 하늘을 향해 날아가는 새들과
땅으로 떨어져내리는 새들

사람들은 왜 공원 같은 데서 헤어지는 것일까?
애인의 어깨를 흔드는 사람은
떨어져내린 무언가를 따라 고개를 숙이고
새들의 발길에 흔들리는 사람은
방금 자신을 떠나 날아간 새들을 쫓아 하늘을 본다

청소하는 사람의 빗자루가 지나갈 수 있도록
벤치에 앉은 사람들은 앉은 채로 다리를 들어올리고
변심한 애인처럼 하늘은 금세 흐려지고

5분 후의 공원으로 바람이 불 때
두 사람이 서 있던 자리에 낙엽들이 노랗게 날린다
지금 나무의 멱살을 잡고 가슴을 때리는 이는 바람이다

날개들은 발에 밟히면서 가장 투명한 소리를 낸다
텅 비어 있다는 듯이

순간 박물관

무엇이든 전시될 수 있다는 것은 고상한 일인 거 같아
그래서 그들은 순간에 집중했다

단 하나의 카운트만을 남겨놓은 복서
미세한 날숨이면 족할 결정적인 붕괴의 직전
걸음과 걸음 사이의 비행이 멈춰서 있다

처형 직전에 멈추어버린
무한히 처형중인 사내의 표정을 본다
10초 전으로 돌아갈 수 있다면
영원히 따귀 맞는 사람으로 살아갈 수도 있을 것이다

결정적으로 힘이 집중되고 있는 방아쇠
사출구 안쪽 총알의 빛나는 눈동자
10초 뒤를 위해 관자놀이는 가렵다

밤벌레처럼

온몸에서 빛이 모조리 빠져나간 나무들이
유리창을 배경으로 수묵의 실루엣을 그린다

가볍고 가는 가지 끝에 올라앉은 바람처럼
희미한 바람을 간신히 들어올리고 있는 가지처럼
중력과 부력이 나란하다

무심히 자다가 일어나 짖기 시작하는 개처럼
갑자기 짖다가 고요해져버린 개처럼
나는 귀가 밝아져

밤벌레가 밤을 갉아대는 소리가 들릴 듯하다
중심을 향해 들어가는 벌레들은
나무가 제 열매 키우는 소리를 들으며
제 사각거리는 소리만 앞장세우고 자맥질해갔을 것인데

밤의 과육의 한가운데 덩그마니 앉아서
내가 뚫고 온 길을 생각해본다
밤의 과육은 단단해서
이따금 허공을 계단 삼아 오를 수 있을 것 같다

액자 뒤편에서
항아리의 아래에서

내 엉덩이와 발바닥에서
내 안구의 안쪽에서
달콤한 어둠이 흘러나와 가득하다
밤의 수위가 눈과 귀까지 찰랑찰랑하다

친애하는 사물들

아파서 약 먹고 약 먹어서 아팠던 아버지는
주삿바늘을 꽂고 소변주머니를 단 채 차가워졌는데
따뜻한 피와 살과 영혼으로 지어진 몸은
불타 재가 되어 날고 허공으로 스몄는데

아버지의 구두를 신으면 아버지가 된 것 같고
집 어귀며 책상이며 손 닿던 곳은 아버지의 손 같고
구두며 옷가지며 몸에 지니던 것들은 아버지 같고
내 눈물마저도 아버지의 것인 것 같다

우리는 생긴 것도 기질도 입맛도 닮았는데
정반대의 표정으로 서로를 마주본다
포옹하는 사람처럼 서로의 뒤편을 바라보고 있다
우리는 마주 오는 차량의 운전자처럼
무표정하게 서로를 비껴가버린 것이다

눈사람 학교

회오리바람을 뚫고 온 내원객들은
입이 없고 목이 없고 손이 없다
호주머니 깊숙이 박힌 손을 빼내어
눈을 털고 그들은 병원으로 들어간다

입학과 월반이 뒤죽박죽인 야학의 졸업반처럼
하는 일이 다르고 사는 곳이 다른 사람들이
청강하듯 숨죽여 텔레비전을 본다
신입생과 전학생과 졸업생이
가깝고 멀게 누워 드라마를 뉴스를 본다

티눈을 뽑으러 갔다가 피부암을 선고받은 사내와
잔칫집 저녁이 체해서 병원에 가 대장암을 발견한 사내가
청천과 벽력을 오가다 마침내
나란히 누워 텔레비전을 보는 동안
소아암병동과 암병동 사이로 내리는 강아지눈이
굵어지다 가늘어지다를 반복하며 바람에 귀를 팔랑거린다

문병객들이 전한 과일접시와 음료수가 돌고
살아온 내력과 수인사가 섞였어도
졸업 후의 안부를 물을 수 없는 캄캄한 병실 밖
흐린 불빛들, 어지럽게 뒤엉킨 교신음들, 송이눈들로
밤이 봉분처럼 하얗게 부풀어오른다

뼈

알루미늄으로 만든 목발을 보고 있으면
살을 벗기고 흰 뼈만 꺼내놓은 듯 처참해진다.
퇴원하고 집에 들어서면서부터 우산꽂이에 처박힌,
저 목발 위에 나는 한 삼분 매달려 있었나.

피부를 열고 살을 갈라 뼈에 구멍을 내고
끊어진 인대를 나사못으로 고정시키고
다시 살을 덮고 피부를 꿰매고 붕대로 감는 동안
나의 참담은 자고 있었다.

집도 부위 위로 자라는 머리카락처럼
낱낱이 파헤쳐졌을 애욕의 처소를 석고로 봉인하고
여름 내내 부끄러움인지 노기인지 알 수 없는 가려움을 견뎠는데
엉기어 말라붙은 핏자국, 칠자국, 칼자국들이 시끄럽고 가려웠는데

대충 묻고 싶은데 자꾸만 들고 나오는 싸움꾼처럼 집요한
몸이, 대충 넘어가는 법이 없는 몸이
가려워서 미칠 것만 같았는데
무심한 여름의 밤은 길고 덥고 다만 무겁게 출렁거리고
부끄러움도 분노도 가려움도 극에 달하면 참혹스럽다.

노골이란 뼈를 드러내는 것인데
우산꽂이에 처박힌 알루미늄 뼈,
고무신발까지 신고 있는 저 뻣뻣한 다리를 보고 있으면
뼈에 사무친 것이 불쑥 살을 열고 나올 것 같다.

파헤쳐질수록 더 깊숙하게 숨는 치욕이
앙다문 이빨 사이로 걸러진 욕설처럼
앙다문 이빨 사이로 새어나온 신음처럼.

包乳 혹은 哺乳

그릇은 무엇이든 잘 담게 생겼다.
어둠은 움푹한 곳으로 먼저 들어가 고인다.
그것은 멍처럼 진하게 가라앉는다.

어떤 것도 지워지지 않는다는 것이
나에겐 늘 위안이 된다.
오래된 페이지에 남은 컵자국처럼
납작한 종이를 부풀리던 흔적.

그릇은 항상 무언가를 담고 있다.
죽어서도 새끼를 가슴에 품는 어미처럼
그릇은 그릇 속에 담겨
차곡차곡 포개져 있다.

세상의 모든 풍문을 오직 하나의 문법으로 읽는 어미처럼
이 정교하고 놀라운 지침서는 이제
젖이 처지고 깊은 주름살로 뒤덮인 채
조금씩 흘러내리고 있다.

어떤 것도 사라지지 않는다는 것이
나에겐 위로가 된다.

낭떠러지

샤워기의 물줄기에서 이따금씩 강의 냄새가 난다
강에 사는 것들의 체취를 느끼면서
나는 물살을 역류하는 물고기가 된다

미끌 하며 중심을 잃을 때
꼬리뼈에서 감지되는 낭떠러지
허공으로 뻗친 넝쿨손 같은 것이 잠시 잡힌다

낭떠러지에서는 긴 꼬리의 원숭이가 된다
움켜 쥔 허공은 손아귀를 빠져나가고
나는 지지대를 잃고 결정적으로 추락한다

떨어지지 않기 위해서 원숭이가 되었다가
떨어지면서 다시 새가 되지만
사실상 떨어지는 내내 나는 온전히 나 자신으로
가장 촘촘하게 추락을 몸에 새기는 중이다

만두방에서 사라진 사람들

손님이 뜸한 오후에 아저씨는 만두를 빚는다
둥근 만두피에 소를 넣고 접어 반달을 만들고
꼬리를 문 물고기처럼 다시 둥글게 말고
눈길은 시종 창밖이지만 손놀림은 능숙해서
크기도 일정하게
간격도 일정하게

아주머니는 한 평 반 남짓 되는 홀을 종종종
탁자를 훔치고, 다시 닦고, 일없이 한 번 더 닦아도
이 오후에는 할 일이 없는지라
만두 빚는 소리를 한가하게 따돌리고는
텔레비전으로 반쯤 들어간다
때마침 이탈리아를 소개하는 여행 프로그램인데
우린 저런 데 언제 가보나 하는 표정으로 보다가
이내 베네치아의 곤돌라에라도 올라탄 듯 넋이 나간다

이럴 땐 아저씨도 텔레비전 쪽으로 눈길을 두고 있는데
아저씨 관심사는 텔레비전이나 창밖 풍경은 더 아니고
다만 아주머니의 눈길인가
뒤통수를 보면서도 눈길 좇는 것인가
훈장님이 가만히 회초리 소리를 한 번씩 끼워넣듯이
다 쓴 만두소 그릇으로 탁탁 소리 내면서

만두방 더운 김은 통유리 안쪽에 잔뜩 서리고
오후로 넘어가는 햇볕은 벌집 같은 그 물방울마다 입주하고
곤충 눈 같은 오래된 14인치 텔레비전 화소에도
지중해의 푸른 냄새가 가득 차 출렁거리면
맘 급한 찜솥들 세차게 김을 뿜어올리고
물고기들이 파닥거리는지 뚜껑은 들썩거리고
불길은 날름 긴 혀로 입맛을 다신다

밥집 골목

자주 가던 밥집이 하나 없어질 때
그것은 익숙한 표정 하나를 잃어버리는 일이고
가령 입맛을 다시는 것도 거기에 포함되겠지만

몸의 분별력이란
단순한 반복 속에서 예리해지는 것인데
혀의 경우도 그렇다
바람은 바깥양반이 피웠는데
소태 같은 나물무침을 손님이 받아내야 하는 그런

어떤 사람들이든 밥집이 있는 골목을 지날 땐
금세 타인의 허기도 내 것이 되고
이런 이상한 가족을 식구라고도 한다
골목은 두 개의 얼굴을 가지고 있는 셈인데

쫓는 자와 쫓기는 자의 표정을 하나로 합쳐놓은 것
그것이 배고픔의 표정이다
정든 밥집이 있는 골목은 초입에만 들어서도
거친 가슴을 다독이는 힘이 있다

자주 가던 밥집이 하나 없어지는 것만으로도
우리는 결딴난 연애보다 참혹한 표정이 된다
쫓을 대상은 없고 그저 쫓기는 자의 심정으로

식탁의 영혼 2

잘 구워진 생선 냄새는
고양이의 걸음을 가볍게 만들고

갸릉거리는 늦은 오후의 허기 속에서
생선 타는 냄새는
무거운 몸을 기꺼이 들어올린다

담장 정도는 쉽게 넘어갈 만큼 가벼워져서
우리는 어디론가 날려갈 것 같다

수천 마일 바깥에서도
주린 속을 후비는 탄내에 이끌려
우리는 식탁으로 불려와 앉을 것이다
언제라도 난민처럼 모여들 것이다

고해 위로 떠오르는 기도처럼
기도로 간신히 눌러놓은 허기처럼

청어로 살아온 혼이 사람의 피와 살이 되고
다시 언젠가 무덤의 푸른빛이 될 때

우리는 식탁을 붙들고 앉아서

좋은 사람들

누군가 일요일의 벽에 못을 박는다.
텅텅 울리는 깡통처럼
인내심은 금세 바닥을 드러낸다.

일요일의 벽에 박힌 못은
월요일의 벽에도 여전히 매달려 있고
화요일의 벽에도 균열은 나아가겠지만

이웃은 누구인가?
이웃은 냄새를 풍기는 자이며,
이웃은 소리를 내는 자이고
그냥 이웃하고 사는 자일 뿐인데,

좋은 이웃을 만나는 일은
나쁜 이웃을 만나는 일처럼 어렵지 않은가.
하지만 누가 이웃을 결정할 수 있단 말인가.
좋은 이웃으로 남기조차 어려운 일이다.

이웃에게는 냄새가 있고
소리가 있고 또 감정이 있다.
일요일의 이웃은 냄새를 피우고
월요일은 소리를,
일주일은 감정들로 가득해

두드리고 두드려도
그 깊이를 헤아릴 수 없다.

우리는 틈이 갈라지는 벽을 이웃하고 있다.
냄새와 감정을 나누는 이웃이 있다.
못과 망치를 빌리러 갈 이웃이 있다.
이웃에게 못과 망치를 빌리러 가자.

돌아와요 거북이

브라질의 해변에서 거북이들이 산란을 할 때
해안가의 집들은 기꺼이 어두워진다
타마르 타마르*
거북이들이 사랑을 나누고
따뜻한 모래 틈에 알을 낳을 때
사람들이 어둠 속에서 고요해지거나
서로의 몸을 더듬는다면
그건 좋은 일

딱히 할 일이 없어서 사랑했다면
그래서 아이들이 학교에서 놀게 되었다면
거북이가 헤엄치는 바다에서
같이 느리게 헤엄칠 수 있다면
그건 확실히 좋은 일

모래와 거북이알과 아이들은 해변에서
서로의 심장이 고동치는 소리를 듣고
엄마와 아빠가 가깝게
집과 학교와 바다가 가깝게
약탈자들은 보호자가 되고
해변의 고요를 감시한다는 것은 멋진 일
그건 거북이가 돌아오는
가장 빠른 길

* 타마르 프로젝트 : 기와 네카 부부에 의해 1980년 설립된 브라질의 야생거북 보호 프로젝트. 브라질 8개주 22개 보호기지에서 1천킬로미터가 넘는 해변을 감시하고 있다. 거북 사냥으로 생계를 이어가던 주민을 위해 관광센터 개발이나 기념품 제작, 판매소 건립, 신 어업기술 교육 등의 활동을 통해 몇백 마리밖에 남지 않았던 바다거북은 60여만 마리로 크게 늘어났다.

해설

거기 수심이 얼마나 됩니까?

정한아(시인)

당신이 비로소 자발적으로 혼자일 때

당신에게 당신 한 사람만 탈 수 있는 잠수정이 주어진다면, 당신은 이것을 타고 어디까지 내려가고 싶을까? 실제로 돌고래 모양으로 생긴 레포츠 용도의 일인용 잠수정이 있기는 하다. 그러나 이것은 잠수가 목적이 아니라 수면 바로 아래에서 달리거나 수면 위로 뛰어오르거나 뛰어올라 한 바퀴 돌기 위한 것이다. 잠수란 무릇 수면 아래로 깊이깊이 침잠하는 일. 레포츠용 돌고래 잠수정이 유희를 위한 것이라면, 이현승의 일인용 잠수정은 명상과 사색으로 당신을 유도하여 당신의 가장 밑바닥에 있는 것들을 바라보도록 한다. 그러나 이 명상과 사색은 위안을 주어 당장의 양심을 편안하게 하거나 기분을 풀어주기 위한 것이 아니라 정말로 가혹한 진실을 꿰뚫어 관조하기(contemplate) 위한 것이다. 그런 면에서 이 시집은 끊임없이 '세계 안에 자기 자신으로 존재한다는 것'이 무엇인가를 익숙하고도 괴상망측한 자기의 현실 속에서 물으면서 독자를 부지불식간에 이 성찰에 참여시키는 철학적 성격을 담고 있다.

당신은 수면 위와는 달리 조용한 물밑으로 내려가면서 처음에는 편안함을 느낄 수도 있다. 엄마의 자궁 속에서 얇은 막에 싸여 물에 잠겨 지내던 기억할 수 없는 옛날을 갑자기 떠올린다고 느낄 수도 있다. 이제 막 존재하기 시작한다고 상상할 수도 있다. 그러나 투과하는 햇빛의 양이 점점 줄어

들고, 수온이 점차 내려가고, 망측한 모양의 생물들이 나타나기 시작할 때, 당신은 생각할 것이다. 이것이 관광 상품이 되려면, 일인용이어서는 곤란하다고. 그러니까 우선 당신은 당신에게 쏟아지는 세계의 중압감에 맞서는 데 있어 타인이 대신 제공해주는 관점 같은 것은 안경집에 고이 넣어둔 채, 자기 자신으로서 생각한다는 일의 힘겨움과 의미를 알게 된다. 대부분이 침묵인 깊은 어둠 속에서, 내려가면 내려갈수록, 당신은 두려움에 떨게 되리라. 어제인지 오늘인지 헷갈리고, 차라리 어서 한계 수심에 닿기를 바라고, 다시 떠오를 수 있을지 근심하고, 당신과 닮은 타인의 존재를 화급하게 요구하고, 급기야 당신 자신이 '정말로' 존재하고 있는 것인지 물을 것이다. 그것은 궁금증과 두려움이 혼재된 형태의 질문으로 찾아올 것이다.

그러나 어쨌든 당신은 다행히도 잠수정을 타고 있다. 이 최소한의 공간, 당신과 당신을 질식시킬 거대한 물 사이의 완충지대를 제공하는 잠수정은 당신의 생명을 담보하는 최종의 보장물이다. 당신 자신의 연장(extension)이며, 당신의 일부인 잠수정. 이것을 당신의 마음과 당신을 질식시키는 외부 세계 사이의 완충지대인 당신의 피부라고 불러보자.

어떤 로봇 애니메이션에서 조종사들이 자기의 연장이자 일부로서 로봇을 '입듯이', 그리고 이 조종사들의 연장된 신체가 된 로봇들이 또 한번 방어막을 '입듯이', 우리는 중력과 수압, 망측한 괴물 같은 타인과 급격한 감정의 온도 격차

로부터 우리 자신을 보호하기 위해 우리의 마음 위로 저 추상적인 '사회'가 제공해준 언어를 삼켰다가 '나'의 말로 뽑아낸 제2의 피부를 만들어낸다. 이것은 각질처럼 연약한 부위를 보호하고, 더러 굳은살처럼 어지간한 충격에는 긁히거나 찢어지지 않도록 우리 감정과 생각의 장기들—우리가 '나'라고 부르는 희미한 뭉치—을 보호해준다. '나'의 외피 안에서 '나'가 온전히 혼자 견뎌야 한다는 것은 얼마나 두려운 일인가.

그리하여 잠수정은 공상이나 상상의 영역이 아니라 우리 자신, 각자 계발한 외피를 입고 있는 현실의 '자기'들의 비유이되, 유머와 지혜의 단단한 외피를 입고 깊은 수심을 혼자서 견뎌내는 이현승의 화자들 자신의 이미지와 매우 닮아 있다. 이현승의 사색적인 화자들은 강고한 지성적 외피를 입고 있다. 이 화자들이 깊은 수심 속에서도 일희일비하지 않는 까닭은 탄성이 뛰어난 굳은살 탓이다. 이 지성의 굳은살 안에서 그는 즐겨 명상하며, 기꺼이 그럴 수 없는 순간에도 사색을 멈추지 않는다. 그리하여 그가 종종 울음이나 웃음의 감정적 표현을 시의 목적으로 삼지 않고 상황의 심부에서 깨달음을 건져올리는 현자의 모습을 보여준다 해도 놀랄 일은 아니다. 그는 이미 자기 안에 맹수와 비명을 함께 지니고 있었으되, 이 적대적인 '둘'의 연방으로서의 자아가 온갖 양가적인 일상적 사태들—친애하는 망측한 사물들에 대해 어떻게 반응하고 교호(交互)하게 되었는지의 내력을 전작 시집 『아이스크림과 늑대』에서 보여준 바 있다.

"유머를 갖기까지"

그가 첫 시집에서 가장 골몰하고 있었던 문제는 (도덕의식의 우물인) '나'의 양가감정과 '당신', 그리고 이웃이라는 3항을 중심으로 벌어지는 '일상'이라는 이름의 윤리적 사태들을 시의 논리로 제대로 기술하는 것이었던 것으로 보인다. 그의 세계인식은 대체로 적실하고도 분명하다. 그는 "서로의 몸속을 보여줄 만큼/ 거리는 이제 아주 사적인 공간이므로/ 투명인간들이 활보하는 거리에서" 녹아내려 소매를 적시고 있는 아이스크림을 손에 들고 "길 위에서 사라질 아이"를 시집의 전면에 내세운 바 있다(「우는 아이」). 도시에서의 근대적인 삶 속에서 거리는 건물 이외의 거의 모든 공간인 통로(path)이기도 하면서 동시에 거리(감)(distance)이기도 해서, 속속들이 구획되고 등록되어 투명하지만 친밀성의 땀내를 잃어버린 곳이다. 어떻게 이토록 사적이고 또한 그럴 수 없이 공적인 공간에서 살아갈 수 있을까. 그 위에서 아이스크림이 녹아 소매를 적시는 줄도 모르고 울고 있는 아이는 자기 손에 들린 아이스크림(이것을 나는 줄곧 '아이 스크림I scream'의 무의식적 조작으로 읽는다)처럼 녹아내릴 것만 같다. 어떻게 달콤한 것이 녹아내리는가. 어떻게 분명 있었던 것이 소리 없이 비명을 지르며 사라져가는가. 우리는 어떻게 그런 사태들의 한가운데를 함께 살아져/사라져가고 있는가.

이 현대문명 속에서의 정신/정서 생활의 다른 축은 문명의 은폐된 기원이며 동시에 그 부산물이기도 한 야수성이다. 시인은 예절을 익힌 늑대가 수저를 들고 허겁지겁 쫓기듯이 포식하고 있는 식탁 풍경을 즐겨 묘사하고(「늑대가 나타났다」「식탁의 영혼」「기침 사나이」「동물성」「찰리의 저녁식사」 등등), 소리 지르는 소년과 늑대가 한 몸이라는 추문을 폭로하여 이 양가성이야말로 도덕 감정의 수원지라는 것을 암시하며(「동물의 왕국」「세렝게티의 물소리」「아이스크림과 늑대」 등의 시편들과 특히 「캐츠 아이」가 보여주는 문명 비판과 시적 감성의 완벽한 충일감), 어떻게 사회가 이 길 위에서 사라져가는 애처로운 맹수를 훈육하는지 시선을 집중한다. 그 비유적인 양상은 열대어나 화분, 강아지들이나 서로를 길들이는 연인처럼 예의바른 관계 맺기의 형태로 나타난다. 어쨌든 이러한 훈육은 야만의 징표인 굶주림과 식욕을 조절하고 인간적인 선(善)을 이룰 것을 요구하는 방식으로 이루어진다.

아마 첫 시집을 읽은 독자들이라면 몇 명의 '달인들'을 인상적으로 기억하고 있을 것이다. 「슈퍼맨 리턴즈」의 '은하 슈퍼 장씨'나 「주름의 왕」의 '태양세탁소 주인'은 자기 생활에 성실을 다함으로써 제 분야에서 달인이 된 사람들로, 화려한 명성과는 거리가 멀지만 숙달된 자신만의 전문성을 발휘하며 일상을 자신만만하게 꾸려나가는 이웃이다. 화자는 이들을 '슈퍼맨'이나 '왕'에 빗대어 표현하며 짐짓 '자기 생활을 완벽하게 긍정한 이웃'을 예찬하는 것 같지만, 거기에는 조롱인지 경외심인지 알쏭달쏭한 뉘앙스가 배어 있다. 그것은 아마도 저 투명한 거리를 점점 더 속속들이 구획하고 야수성을 낱낱이 길들이는 체제의 바람이야말로 달인들의 세계일지도 모른다는 의구심 탓일 것이다. 문명은 문명화의 수단까지 더욱더 문명화하기를 갈망하고, 그리하여 그 수단은 채찍을 통한 강요가 아니라 '설탕'이나 '아이스크림'처럼 단것을 통한 일시적 위안을 회유의 수단으로 채택하며, 당신으로 하여금 당신이 선택한 것에 대해 스스로 완벽하게 책임지게 하는 도덕적 방식을 선택지로 내놓는다. 당신은 더 예절바르거나 덜 예절바르게 될 뿐, 굶주림과 식욕에 충실한 무도덕적(amoral) 삶을 포함한 다른 가능성들을 박탈당한다. 따라서 그의 첫 시집이 「모든 것에 대해 긍정하는 마음을 당신은 설탕에게서 배울 것인가」라는 문제적인 시를 마지막에 배치한 것은 우연이 아니었다.

그리하여 이 같은 조용하고 예의바른 훈육 앞에서 시인은 자신의 욕망을 양보하지 않기 위하여 유머감각을 취하기로 한 바 있다. 「간지럼증을 앓는 여자와의 사랑」에서 "이것은 웃음에 관한 이야기다"로 시작하여 "이것은 공포에 관한 이야기다"를 지나 "이것은 억압에 관한 이야기다"로 끝냈던 그의 심리학적 통찰은 자신이 재서술해내는 삶의 서사가 어떻게 웃음이라는 표면에서 시작하여 그 방어대상인 공포에 이르고, 또 이 공포의 진원지로서의 억압에 가닿게 되는지 보여주었다. 그리하여 웃음이 공포, 억압과 갖는 관계는 자신이 선택하지 않은 우연적 조건으로서의 세계와 그 자신이 대응 양식으로 선택한 '유머' 사이의 관계를 짐작하게 한다. 찰리 채플린의 서글픈 희극 영화 〈황금광 시대〉의 저 유명한 구두 수프 장면을 통해 동물적인 식욕과 인간적인 예절이 결합해 있는 식탁 풍경을 독특하게 해석한 「찰리의 저녁 식사」는 "당신이 아직 유머를 갖지 못했다면, 감히 권한다/ 단련될 것을. 푸르뎅뎅한 독이 살 속으로 파고들 때까지/ 이건 유머를 갖기까지의 이야기다"라는 결구로 끝난다.

"사과나무를 이해하기 위하여"

그것은 그 자신에게 띄우는 결의의 전언이기도 했다. 농담은 미적이고도 지적이다. 담론을 지배하는 규율의 핵심을 단박에 전시한다는 점에서 미학의 장기를, 그러나 대상인 사물이나 사태로부터 거리를 확보할 것을 요구한다는 점에서 성찰적이고 풍자적인 성격을 지녔다. 그는 유머를 완성하는 일에 골몰하기를 멈추지 않았다. 그가 띄운 『친애하는 사물들』의 곳곳에서 (채플린의 영화가 그렇듯이) 비극적인 희극성이 발견된다면, 그가 이 미적이고도 지적인 작업을 삶이라는 환멸의 연속에 지속적으로 틈입시키고 있다는 증거가 될 것이다.

그가 이 무섭고 우습고 슬픈 진지한 농담들을 담아내고 있는 그릇에 관해 살펴볼 때, 그가 3~6연 25행 안팎의 전통적인 서정시형을 매우 선호한다는 사실에 당신은 놀랄 수도 있다. 그는 매우 고전적인 취향을 지닌 듯 보이며, 형식과 내용이 불가분의 관계라면 그의 통찰과 감성이 빚어낸 내용이 종종 이미지의 비유를 거쳐 단정한 형식으로 응축되어 나오는 모양은 흡사 고전적인 조상(彫像)의 제작 과정처럼 비율을 중시한다는 점을 간과할 수 없으리라. 그 다분히 꽉 죄는 옷에 드러난 대담한 사고의 몸은 군더더기를 제하려 한다. 가령, 다음의 섬뜩한 농담을 보자.

> 사과나무가 사과를 떨어뜨렸다. 이곳에선
> 아무것도 하지 않기 위해 무엇인가를 해야 한다.
>
> 잠자리에서 벽지 들뜨는 소리를 듣고 우리는 숨을 죽이고
> 사과나무를 이해하기 위하여 바람이 불어오는 골짜기를 쳐다봐야 한다.
> 어쩌면 구름을 바라보는 당신의 습관도 조금은 바뀌어야 할지 모른다.

중력이 없다면
바보들의 행동을 더욱 쉽게 이해하게 될 거야.
최소한 야구경기 같은 것은 볼 수 없게 되겠지.

사과나무는 자신이 떨어뜨린 사과에 대해서 생각중이다.
자신의 아파트 난간으로 아이들을 떨어뜨렸던 여자가 있었다.
골짜기에서 웅웅거리는 소리들이 바람에 날려왔다.
—「근원적 골짜기」 전문

이 시의 은유는 '떨어뜨리다'라는 술어에 의해 구성된다. "사과나무가 사과를 떨어뜨렸다"고 시인은 말하고 있지만, 사과나무가 사과를 의지적으로 떨어뜨렸을 리 만무하다. 그러나 '사과나무에서 사과가 떨어졌다'는 범상한 장면에서 '지구가 사과를 끌어당겼다'는 다른 시각을 발견한 근대과학의 출현을 기억한다면, 같은 사태에 대한 다른 형식의 문장 구조는 다른 사유 내용을 가진다는 점을 당신도 수긍하리라. 사과나무를 마치 행위가 극도로 제한된 동물처럼 취급하는 시인은, 무위(無爲)를 향한 무궁동(無窮動)이야말로 실존적인 현존재의 존재조건이라 생각하는 철학자의 우수에 찬 눈빛을 띤다. 삶은 '영원한 안식'이라는 관습

적 비유로 지시되는 죽음을 향해 가는 고단한 노역이고, 선택으로 가득 찬 도래할 시간 속에 놓인 갈등으로 가득한 실존적 주체의 피로로 지시된다. "두려워해야 할 것은 파산이 아니라 파산의 절차이듯/ 슬픔보다 통증이, 절망보다 피로가 먼저 찾아오는"(「불효자는 웁니다」) 이곳에서, 자유, 자유라고? 사과나무가 잘해봤자 사과를 떨어뜨리는 것 이외에 자유의지에 따라 할 수 있는 행위란 무엇인가? 당신은 무엇인가를 하겠지. 아무것도 하지 않을 수 없는 삶. 당신은 결단하고, 당신은 선택할 것이다. 그러나 무언가 중력처럼 작용하고 있고, 그것은 사과나무의 의지와 의지의 실현에까지 관여한다. 사과나무는 사과를 떨어뜨리고, 떨어진 사과는 운이 좋으면 다시 사과나무가 되어 사과를 떨어뜨릴 것이다. 그러나 그것이 사과나무의 자유나 자유의지와 무슨 상관이란 말인가? 사과나무의 자유에 대해 골짜기가 무슨 배려를 할 수 있겠는가? 중력과 풍속(風速)과 지형이 바뀌기라도 하지 않는다면 말이다. 그것이 설령 극소 자유처럼 보일지라도 발 없는 사과나무의 최대 자유는 사과를 떨어뜨리는 것, 아니, 떨어지도록 놓치는 것이 고작이고, 이것은 이제 아파트 난간으로 아이들을 떨어뜨렸던 여자의 미친 짓처럼 극도로 절망에 차 있다고, 혹은 아이들을 떨어뜨렸던 여자의 미친 짓은 사과나무가 사과를 떨어뜨리듯이 그럴 수 없이 자연스럽다고 양방향으로 이해된다. 극적인 제스처나 훈훈한 감동, 교훈은 시인의 관심사가 아니다. 그는 사과나무를 이해하고자 한다. "사과나무를 이해하기 위하여 바람이 불어오는 골짜기를 쳐다봐야 한다." 이해하려는 대상을 이해하기 위해서 그는 대상을 지배하는 환경을 쳐다본다. 애초에 목격한 사태의 원인은 그 자리에 있지 않다고.

살인과 사육과 대화의 기술

그러니까, 보이지 않는 중력이 지배하는 세계에 발을 묻은 식물처럼 우리는 손가락을 까딱하고서 우리가 자유롭다고 여긴다. "비관주의자들은 갈파한다./ 죽음이야말로 기다리지 않아도 된다는 것을."(「시 「농담」을 위한 삽화」) 그것은 사과가 떨어지는 것처럼 시간문제이고, 자유는 "다만 최선을 다해 무너져가고 있을 뿐"(같은 시)인 우리가 어떻게 죽어갈 것인지 적은 선택지들 중 하나를 선택하는 문제다. 지성의 사람에게 세계는 희극, 감성의 사람에게 세계는 비극이라 했던가. 조심스럽고 내성적인 관찰자들이 그렇듯, 그는 사물과 사태의 거리를 넓혔다 좁혔다 조절하면서 희극과 비극의 세계를 번갈아 보여준다. 그가 농담을 할 수 있도록 거리를 두고 바라볼 때, 살벌한 뉴스 속의 주인공들은 생활의 달인이나 슈퍼 영웅들을 닮았다.

뉴스 속 주인공들은 손에 칼을 가지고 있으며

스타킹과 마스크와 야구모자도 갖고 있다.
가끔 그들은 정말 요리사나 운동선수이기도 하다.
스파이더맨처럼 가스관을 타고 건물을 오르고
고양이처럼 소리 없이 착지한다.

나이키 점퍼로 얼굴을 둘러쓴 채
변조된 목소리로 책을 읽듯이 말한다.
그들은 가리고 변조할 권리가 있지만
우리는 모자이크로 분할된 얼굴을 맞추고
변조된 목소리를 원래 상태로 복원한다.

음식을 만들던 칼로 사람을 찌르거나
초강력 스파이크를 얼굴에 작렬한다면
그건 좀 비범한 일인데 놀랍지는 않다.
놀라움이란 뉴스 바깥의 몫이다.

비범한 재능이 탄생하는 순간 뉴스는 완성된다.
평범함이야말로 비참한 최후라는 것을 절감한 듯
뉴스 바깥에선 여중생들이 줄인 치마를 입고
좆나 씨발을 발음하고 침을 좀 덜어낸다.
—「뉴스의 완성」 전문

"음식을 만들던 칼로 사람을 찌르거나/ 초강력 스파이크를 얼굴에 작렬하"는 이 "비범한" 사람들은 어쩌면 전작 시집에 등장했던 '은하슈퍼 장씨'나 '주름세탁소 주인'의 변형 같은데, 달인이 되거나 범인(犯人)이 되거나, 이들이 비범해지는 이유는 진화하지 않고는 견딜 수 없는 현실 때문인 것처럼 보인다. 달인은 상징계에서 상징을 성취하기 위해 진화하고 범인은 상징으로부터 달아나기 위해 돌연변이가 되고자 한다. 범인들은 형이상학적인 생각을 할 여유 같은 것은 없으므로, 차마 죄인이 되지도 못한다. 달인과 범인들은 안간힘을 쓰며 완벽한 평범(그런 것이 있다면)을 달성하거나 최선을 다해 평범으로부터 달아날 뿐이다. 줄인 치마를 입은 여중생들에로 거리를 좁혀 다가가면 당신은 이런 고백을 듣게 된다.

우리는 정말이지 거지 같습니다.
배고프고 더럽습니다.
더럽게 배고파서 부끄럽습니다.
우리에겐 세계적인 부끄러움이 있어요.
껌도 세계적으로 씹습니다.
침도 세계에서 제일로 잘 뱉습니다.

(……)

십대라는 말, 잘 들으면 욕설 같아요.

우리는 정말이지 휴지조각 같습니다.
—「천국의 아이들」 부분

물론 이 시는 십대에 비유된 '우리'의 고백이지만, 배고프고 더럽고 세계적인 부끄러움을 가진 "휴지조각 같"은 '우리'가 껌도 세계적으로 씹고 침도 세계에서 제일로 잘 뱉는 건 바로 그 거지 같은 비루함 때문이다. 이 글로벌한 비루함으로부터 만들어지는 비범한 재능은 "사육의 기술"을 견디어 달인이 되거나 "살인의 기술"을 익혀 연쇄살인범이 되는 것(「살인의 기술」). "어쩌면 모든 것은 기술의 문제"인 걸까?(같은 시) 그러니까, 이전 시집부터 지속적으로 이현승의 문제의식을 구성하고 있는 설탕, 아이스크림—단것(sweets)의 사육의 기술(그것이 '똥개'가 '개'가 되는 비의悲意이다. 「똥개」)과, 늑대, 동물의 왕국을 지배하는 살인의 기술은 내면의 희생자와 포식자가 극단적으로 취할 수 있는 두 개의 태도이다. 대부분의 시간에 우리는 "떠날 수도 머물 수도 없는 것이/ 떠난 것이기도 하고 머문 것이기도"(「활주로」) 한 이중구속 상태에 놓여 있다. 이 기술들의 배후 진영들 사이의 투쟁 상태에는 휴식이 없고, 도덕감을 동원한 감동적인 화해도 일시적이며 회의적이다. "사자의 친절한 사냥술이 양에게 위로가 될까/ 사자를 위해 어떤 포즈로 쓰러지는 것이 좋겠는가"(「근본주의자」). 이를테면, 또다른 기술로 제시된 「대화의 기술」은 포식자 앞에서 희생자가 시도할 수 있는 최후의 기술이지만, "불완전한 결혼으로부터 탈출하기 위해/ 총애를 구해야 하는 열세번째 아내" 세헤라자데가 "어쩌면/ 목숨밖에 더 줄 것이 없다는 사실을 안타까워하며/ 제 무릎을 베고 잠든 야수의 등을 쓸어내릴 때/ 야수의 등에서 돋아난 부드럽고 따뜻한 털을 만질 때" 완성되는 "핏빛 아름다운, 천 하루의 퀼트"(「대화의 기술」)는 스톡홀름 신드롬에 사로잡힌 희생자의 자기기만인가, 예술의 어쩔 수 없는 생존 책략에 의해 완성되는 예술 그 자체인가? "한 손으로 다른 손목을 쥐고/ 병원으로 실려오는 자살기도자처럼/ 우리는 두 개의 손을 가지고 있지."(「다정도 병인 양」) 인질과 인질범은 늑대와 비명처럼 한 몸이고, 살인도 사육도 대화도 종국에는 자기 자신을 향한 것. 그러므로 예술은, 무도덕적이며 우연한 자연의 일부인 직립한 짐승들이 포식자와 희생자를 내면화하면서 사후적으로 구성된 양가성 속에서 날마다 정신의 생존을 연습하는 성실한 감각의 흔적이 아닐까?

떨어지지 않기 위해서 원숭이가 되었다가
떨어지면서 다시 새가 되지만
사실상 떨어지는 내내 나는 온전히 나 자신으로
가장 촘촘하게 추락을 몸에 새기는 중이다
—「낭떠러지」 부분

우리는 아직 바닥에 닿지 않았고, 우리는 계속 떨어지고 있는 중이고, 완료되지 않는 추락 속에서 빚어지는 것은 몸에 새긴 추락의 가장 섬세한 디테일과 그 감각의 흔적들. 그는 마치 잠수하듯이 (잠수란, 물속에서 추락하는 일이 아니겠는가) 추락의 순간들을 자기의 온 감각들을 동원하여 놓치지 않고 기억하려 한다. 그렇게 그의 가장 빛나는 기술, 감각과 성찰의 동시적인 기술(記述)이 완성된다.

우리는 존재하기 위해 너무 많은 세금을 내고 있다

어쩌면 우리는 계속 아마추어일지도 몰라. "바닥을 벗어나면 다른 바닥이 기다릴 뿐"(「누아르」), '몰두의 방식'을 연구하는 동안에는 몰두할 수 없고, 스텝에 집중하면 펀치가 날아오고(「몰두의 방식」), 가끔은 잠자는 법, 밥을 씹는 일, 자전거를 구르는 방법조차 잊고 "매번 하는 일이 이따금씩 처음 하는 일 같다". "눈과 귀를 손과 발을 동시에 사용하는 사람들이"(「초심자들」), 그러니까 죄 달인처럼 보이는 사람들이 거리를 활보하는 곳에서 그는 이미 젖은 사람들에게 더 내리는 "빗속에서 완전히 몸을 잠그고" "일정한 속도로" "천천히 걷"기로 결심한다(「일인용 잠수정」). 다음의 시는 이번 시집에 유난히 많이 등장하는 비 맞는 삶에 관한 성찰들 중 가장 빛나는 장면의 하나다.

삼촌은 도축업자
사실 피 묻은 칼보다 무서운 건
삼촌이 막 잡은 짐승의 살점을 입에 넣어줄 때

입속에 혀를 하나 더 넣어준 느낌
입속에선 토막 난 혀들이 뒤섞인다
혀가 가득한 입으론 아무 소리도 낼 수 없다

고기에서 죽은 짐승의 체온이 전해질 때
나는 더운 비를 맞고 있는 것 같다
바지 입고 오줌을 싼 것 같다

차 속에 빠진 각설탕처럼
나는 조심스럽게 녹아내린다
네 귀와 모서리를 잃는다

삼촌이 한 점을 더 넣어준다면
심해 화산의 용암처럼 흘러내려
나의 눈물은 금세 돌멩이가 될 것 같다
—「따뜻한 비」 전문

입안에 들어온 막 잡은 짐승의 살점을 어쩔 수 없는 난감한 표정으로 느리게 씹고 있는 어린 화자가 느끼는 무서움은 "피 묻은 칼"의 시각적 충격을 넘어선 촉각의 직접성과 맞닿아 있을 것이다. 아직 더운 짐승의 살점은 토막 난 혀들처럼 그의 입안을 채우고, "혀가 가득한 입으론 아무 소리도 낼 수 없다." 미지근하고 물컹거리는 남의 살에 대한 첫 경험은 모든 처음이 그렇듯, 폭력적이다. 생생한 '이제 막 죽음'의 찜찜하고 난감한 맛은 죄책감, 공포, 연민으로 독자를 전율시킨다. 우리 대부분이 그렇듯 이후 수십 년간 익힌 것으로, 날것으로 남의 살을 씹으며 살아왔을 시인이 털어놓는 말문 막히는 첫 경험의 현장에서 우리가 발견하는 것은, 우리가 자라기 위해, 문명인이 되기 위해, 버젓한 사람이 되기 위해 치러야 했던 공모의 의례들이라는 사실의 실감 아닐까? 거기에는 마치 한여름, 우산 없이 더운 비에 젖는 것만 같은 난감함이, 바지 입고 오줌을 싼 것 같은 수치감이 어려 있다. 소시지를 먹을 때 우리는 돼지가 소시지가 되는 과정을 생각하지 않는다. 돼지가 소시지가 된다는 사실을 아는 것과, 정말로 돼지를 소시지로 만드는 것을 보는 것은 다른 일이겠지. 보고도 계속 먹는 것은 더 다른 일이겠지. 정말 다른 일일까? 우리는 모르고도 먹고, 알고도 먹는다. 남의 살을 더, 더, 더, 자주 먹으면서 우리는 뻔뻔하고 능란하게 사회화되어왔을 것이다. 이 잔인한 공모와 수치의 사회화 과정의 단면을 이토록 사실적으로 그리고서 '따뜻한 비'라는 제목을 적어넣었을 때, 그는 모두가 알았지만 각자

잊어간 비밀의 슬픈 성분들을 일컫고 싶었을 것이다. 그러니, 그 모든 망측한 접촉들에 대해 친애하는 경의의 감정을 품지 않을 수 있을 것인가.

시인이 "풍선과 선인장들과 원심분리기의 세계/ 충돌하고 뒤집히고 총을 쏘면서 딸꾹질이 멎는 곳", "울다가 웃으면서 머리카락이 하늘로 자라는 곳"(「놀이공원」)이라 능청을 떨 때, 놀라움 가득한 세계의 소식들은 TV 뉴스(「뉴스의 완성」)나 실험실(「무중력 실험실」), 만두방의 유리창 너머(「만두방에서 사라진 사람들」)처럼 짐짓 희극적인 풍경들로 그릴 수 있지만, 브라운관이나 유리창 같은 투명하고 안전한 칸막이로 분리되지 않는 현실, "내리는 빗속에서/ 더이상 젖지 않는 것들은/ 이미 젖은 것들이고/ 젖은 것들만이/ 비의 무게를 알 것이다"(「비의 무게」)라고 젖은 목소리로 읊조릴 때, 어쩌면 시인은 이렇게 말하고 있는 듯하다. '우리는 존재하기 위해 너무 많은 세금을 내고 있다.'

우리는 존재하기 위해 너무 많은 세금을 내고 있다. 그는 어떤 존재론적인 전제에서부터 이 같은 결론으로 나아가는 것이 아니라 지속적인 현재적 감각 경험들을 써나가는 과정에서 이 경험들 전체가 은밀하고도 총체적으로 지시하고 있는 것이 실은 사과와 사과나무에 대한 중력이나 풍향, 풍속, 지리적 조건처럼 우리 머리 위의 기후—쉽게 물러갈 것 같지 않은 광범위한 기단처럼 개별적인 저항으로는 물리칠 수 없는 현재의 상황임을 암시해왔다. 우리는 이것이 시적 화자의 행위를 사과나무의 식물적 자유에 비유할 수밖에 없는 이유라고 추정할 수도 있을 것이다. "부채감이 우리의 존재감"인, "낮에 켜진 전등처럼 우리는 있으나마나,/ 거의 없는 거나 마찬가지"인 유령들이며, "삶은 여전히 지불유예인데,/ 우리는 살면서 한 가지 역할놀이만 한다/ 채무자채무자채무자채무자채무자". 비유이기도 실제이기도 한 이 빚진 인생의 담지자들은 "딴 사람은 없는데/ 잃은 사람만 있는 판돈 같은 이야기,/ 혹은 빌린 사람은 없는데/ 빌려준 사람만 있는 신체포기각서 같은 이야기", 또 "때린 사람은 없는데/ 언제나 아픈 사람만 있는 폭력적인 이야기"처럼 괴담 같은 현실을 살아간다(「있을 뻔한 이야기」). 이 시의 제목은 얼핏 '있을 뻔했지만 없는 이야기'로 읽히도록 계산해 놓았지만, 이와 반대로 실은 '십중팔구 있을', '뻔한 이야기'임을 눈치채이기를 기다리고 있다. (종종 상반되는 의미로 읽히도록 의도된 이현승식의 말놀이는 대개 풍자적인 뉘앙스를 띤다. 이 점에 집중하여 이 통찰력 있고 영민한 시인이 지나치듯 써내려간 구절들의 풍부한 의미들을 천천히 저작하여 읽어주시기를. 가령, 전작 시집의 「캐츠 아이」에서 고양이를 친 "운 나쁜 남자"는 1차적으로는 '운이 나쁜 남자'로 읽히지만, 표층을 한 겹 벗기면 자기 안의 양가성을 고백하고 있는 'a cried bad man'으로 읽힌다. 또, 「지나친 사람」의 '지나치다'를 형용사와 동사, 두 의미로 읽어보라.) 우리는 "못과 망치를 빌리러 갈 이웃이 있"고(「좋은 사람들」),

그 못과 망치로 생산적이거나 끔찍한 무슨 짓을 벌일 수도 있다. 이 빈곤하고 비루하고 무서운 삶을 견디기 위해 진지한 비관주의자가 잔인해지지 않기 위해 안간힘을 쓰며 선택할 수 있는 마지막 방편은 농담과 웃음이지만("웃음은 현재를 살아가는 데 소용되는 비용이다./ 입맛 없이 우겨넣는 식사처럼 그것은 몸에 좋다", 「시 「농담」을 위한 삽화」), 그리고 밤이면 침대에 누워 "눈을 감고 숨을 죽인 채 당신은 어디로든 떠날 수 있지만/ 당신은 결국 당신에게로 돌아온다"(「침대의 영혼 2」).

당신은 결국 당신에게로 돌아온다. 여기로. 오늘로. 그리고 사육과 살인과 대화의 기술 훈련은 오늘도 계속된다. 계속되는 납세와 훈련과 연습 속에서 당신 자신으로 존재하기 위해 당신은 오늘, 부디 깊이깊이 침잠하기를. 당신은 당신 자신의 깊이에 놀랄 수도 있다. 거기서 당신은 망측하고 희한하고 우습고 슬픈 자신을 발견하고, 그것들이 당신 자신의 가없는 수심(愁心)의 깊이에서 나온다는 사실에 또 한번 놀랄지도 모른다. 열 길 물속보다 깊은 한 길 사람 속의 측량할 수 없는 수심, 그것이 자기 안팎의 망측한 (괴)사물들과의 관계를 포기하지 않고 사랑하려는 선의의 깊이에서 나온다는 것을.

이현승 1973년 전남 광양에서 태어났다. 2002년 『문예중앙』을 통해 등단했다. 시집으로 『아이스크림과 늑대』가 있다.

문학동네시인선 023
친애하는 사물들

1판 1쇄 2012년 7월 30일
1판 10쇄 2024년 10월 20일

지은이 | 이현승
책임편집 | 강윤정
편집 | 김민정 김필균 김형균
디자인 | 수류산방(樹流山房) 본문 디자인 | 유현아
저작권 | 박지영 형소진 최은진 오서영
마케팅 | 정민호 서지화 한민아 이민경 왕지경 정경주 김수인 김혜원 김하연 김예진
브랜딩 | 함유지 함근아 박민재 김희숙 이송이 박다솔 조다현 정승민 배진성
제작 | 강신은 김동욱 이순호
제작처 | 영신사

펴낸곳 | (주)문학동네
펴낸이 | 김소영
출판등록 | 1993년 10월 22일 제2003-000045호
주소 | 10881 경기도 파주시 회동길 210
전자우편 | editor@munhak.com
대표전화 | 031) 955-8888 팩스 | 031) 955-8855
문의전화 | 031) 955-2696(마케팅), 031) 955-2678(편집)
문학동네카페 | http://cafe.naver.com/mhdn
인스타그램 | @munhakdongne 트위터 | @munhakdongne
북클럽문학동네 | http://bookclubmunhak.com

ISBN 978-89-546-1865-6 03810

* 이 시집은 2009년도 서울문화재단 창작지원금을 수혜하였습니다.

www.munhak.com

문학동네